A MES CONCITOYENS

DU

DÉPARTEMENT DU CHER,

SUR LA LOI DES ÉLECTIONS.

PAR Mr. H. G. DELORME.

~~~~~~~~~~~~~~~~~~~~~~~~~~~~~~~~~~~

PRIX : 75 CENT.

~~~~~~~~~~~~~~~~~~~~~~~~~~~~~~~~~~~

PARIS.

CHEZ {
MOREAU, imprimeur de S. A. R. MADAME, rue Coquillière, n°. 27.

PETIT, libraire, au Palais-Royal, galerie de bois, n°. 257.

1820.

A MES CONCITOYENS

DU

DÉPARTEMENT DU CHER.

Paris, 30 avril 1820.

En arrivant ici, je me rendis au Palais Royal pour commencer mes observations sur notre état politique actuel ; car vous devez savoir, que la France est *touie entière dans Paris*...... et que le Palais – Royal *est Paris en miniature*.....; donc en parcourant attentivement le Palais-Royal, on peut se faire une idée positive de la situation de notre belle patrie.

Le premier objet qui frappa ma vue, fut un grand nombre de magasins fermés, ce qui me fit conjecturer que le commerce languissait. Le peu d'affaires qui se faisait dans le Bazard français, me donna la crainte que, par la suite, un plus grand nombre encore de magasins ne restassent sans emplois.

Ma curiosité fut ensuite vivement excitée par la

réunion d'un grand nombre de citoyens occupés dès
le matin à la lecture de la gazette. A la profonde
attention qui les absorbait, je jugeais que l'état
politique de la monarchie était au provisoire ; car
s'il en était autrement, me disais - je, tous ces
hommes iraient à leurs affaires ou à leurs plaisirs,
et s'occuperaient peu des intérêts futils, que ren-
fermerait un journal ; pour me convaincre si mon
opinion était fondée, je me déterminai aussi à prendre la feuille quotidienne ; en effet, il était question
d'un nouveau projet de loi sur les élections, et dès-
lors, je connus le motif de ce grand concours de
lecteurs qui avaient tous un intérêt plus ou moins
direct, à s'enquérir d'une loi fondamentale de la
monarchie constitutionelle ; je lus l'exposé des ministres ; mais accoutumé aux préambules oratoires
ministériels, pour couvrir l'inutilité ou l'inconve-
vance d'une loi, je fus peu séduit de celui qui pré-
cédait l'exposition du projet, et je me décidai, même
pour rester impartial, à ne point m'arrêter trop
au discours préparatoire ; je lus donc la loi ; je
portais mes réflextions sur le passé, le présent et
l'avenir ; la loi est si laconique qu'en moins de tems
que je n'en avais mis à la lire, ma décision fut
portée, et voici quelles furent les conséquences que
j'en tirai : cette loi, pour le moment, fera un grand
nombre de mécontens, parce qu'elle privera de
droits acquis, des hommes qui en jouissaient depuis

la première loi, et parce qu'enfin aucun des intérêts généraux de la société, ne seront représentés ;
que tout au plus ceux qui auront le gouvernail des
affaires, pourront l'exploiter à leur profit, en faisant
nommer des hommes, qui craindraient moins une
indigestion, que de manquer de dîner.

Dans l'avenir, elle serait un motif de corruption,
afin d'obtenir des candidats muets pour défendre les
intérêts publics, et passifs sur les intérêts particuliers
de leur département. Ce moyen est si facile au
pouvoir, qu'il est impossible, que, tôt ou tard, il ne
soit employé pour emporter le suffrage de la majorité ;
ce serait de donner toutes les places des arrondisse-
mens à des hommes aux 300 francs ; alors on sera
assuré d'un choix qui donnera des élus, qui ne paraî-
tront devant des excellences, que le dos courbé
jusqu'aux genoux, n'ayant, pour toute science, que la
volonté de mettre la boule approbative, qui devra
decider du sort de la monarchie. Que les ministres
du jour ne pensent point que je les croirais capable
d'user de moyens aussi criminels ; certes, on sait trop
bien que jusqu'ici, ils ont négligé les promesses,
les dons, les places et les récompenses qu'ils pouvaient
distribuer à pleines mains aux électeurs et aux
membres de la députation, pour avoir des majorités ;
ainsi, la conduite du présent, nous deviendrait un
garant de l'avenir ; mais, difficilement par la suite, on
pourait espérer une réunion d'hommes aussi purs,

aussi forts, aussi affectionnés pour le roi et la légitimité, bien pénétrés de l'idée que le vaisseau de l'état
ne pourra être conduit au port, dans un tems aussi
difficile, que par des hommes énergiques, aimant la
religion, le roi et la patrie.

Mais quand on donne à une nation des loix fon-
damentales, on ne doit point les faire dans l'intérêt du
ministère du moment, mais bien seulement dans l'intérêt des peuples et pour les siècles les plus reculés.
Je le demande à nos excellences, si en conscience,
elles pourraient espérer qu'une pareille loi puisse tenir
quelques années seulement, contre l'opinion générale, qui la réprouvera pour les vices qui lui sont
propres, et les abus nombreux qu'elle produira.

Mais, me dira-t-on peut-être, *observateur de la
France au Palais-Royal*, que prétendriez-vous donc
mettre à la place de notre première loi reconnue
infame, par la nomination d'un régicide, et dange-
reuse à la stabilité du trône. Voici ma réponse : je vous
conseillerais de conserver l'ancienne loi, si vous n'avez
rien de mieux à nous présenter ; ce n'est pas la peine
de créer des ennemis aux Bourbons à pure perte ; ce
n'est pas la peine de créer des résistances propres à
exciter de nouvelles révolutions ; c'est bien déjà trop
de rendre une loi en faveur *de l'arbitraire, de l'arbitraire tout entier.* Cette première loi électorale ayant au
moins, pour moi, le mérite d'une existence de deux
années, j'en conclurais que vous devez la préférer,

si d'ailleurs je n'avais pas de plus grand motif encore pour demander sa conservation.

Vous prétendez quelle produit des nominations scandaleuses, dangereuses même ; mais si ces nominations étaient une combinaison politique pour vous porter à détruire votre ouvrage , pour arriver à un but que vous ne connaissez pas ; pour moi j'ai lieu de le craindre, parceque j'ai la conviction, que telle que se trouve la loi, il est en la puissance des ministres de faire nommer, dans le plus grand nombre des départemens, des hommes dévoués à la cause de la monarchie. Je vous citerai, pour exemple, mon département qui vous a expédié M. Devaud ; certes, il est croyable, que le ministère n'avait nullement besoin de ce député ; il serait croyable même qu'il n'a rien du faire pour influencer un tel choix. On pourrait avoir même la certitude que les voix ministérielles se seraient portées contre ce fier adversaire, dont la place était marquée d'avance à la chambre, pour le côté des oppositions sans restriction , et cependant tout le contraire est arrivé ; le grand miracle de la combinaison ministérielle s'explique ainsi : pour éliminer l'ami de M. de Bonald, M. de Puivalée fils, homme dont le cœur est aussi pur , l'ame aussi belle que celle de ce député ; homme entièrement étranger à nos troubles domestiques en Berry, eh bien ! on a donné les voix ministérielles à M. Devaud.......

Dites-nous maintenant , Excellences, si c'est la loi

qui est vicieuse, parce que vous ne pouvez en diriger les effets à votre guise, ou si ce sont seulement vos volontés qui furent dangereuses le jour que vous préférâtes un avocat, avec des antécédents, sans garantie pour la légitimité, à un grand propriétaire que toutes les classes de la société estiment tellement, que toutes auraient applaudi à son élection, même celles qui portèrent M. Devaud.

Ce seul exemple, devrait donc vous convaincre que l'ancienne loi peut devenir un instrument assez puissant, dans les mains ministérielles, pour produire de bons et loyaux députés, ayant néanmoins une opinion libre et indépendante; il ne me serait pas très-difficile de rappeller les élections de nos autres départemens, qui ont envoyé des députés de la gauche, pour des députés de la droite, grâce à l'inaction ministérielle, ou à son action pour un tiers parti, mais je ne veux citer que ce que j'ai vu, parce qu'alors je n'ai point à craindre un démenti.

Le motif que les ministres n'ont point encore usé de leurs moyens sur les électeurs, pour avoir des députés selon la charte et la légitimité, pourrait au besoin suffire, pour engager les excellences à retirer le dernier projet de loi électorale, projet qui n'a pas même le mérite de celui qui fut présenté par le duc de Cazes; car sa loi avait en elle des motifs propres à entraîner l'opinion générale, et ce n'est certes pas

un petit avantage, dans un tems d'incertitude comme
le tems présent ; mais s'il est un motif encore plus
concluant, c'est que la loi qui nous régit renferme
en elle tous les moyens propres à en rendre son ap-
plication plus ou moins aristocratique ; car il est dit ,
selon la charte : nul n'est électeur s'il ne paye trois
cents francs d'impôt direct, et nul ne sera député
s'il ne paye un impôt de mille francs; donc, en par-
tant de cette base immuable , il dépendra de la volonté d'un ministre des finances, habile, assez fort,
assez courageux même , pour s'écarter de l'ornière
destructive des intérêts publics qu'on a suivis jusqu'à
ce jour; il dépendra donc de ce ministre de donner
par son budjet, une quantité d'élémens de garantie
territoriale plus ou moins considérable , selon qu'on
reconnaîtra que la grande propriété devra être plus
ou moins représentée ; ainsi donc ce n'est point la
loi qui est vicieuse, si elle ne produit pas, en ma-
jeure partie, des nominations conformes au vœu du
Roi . . . Le choix d'hommes qui voudraient la stabilité de nos institutions, à l'ombre de la légitimité,
ombre tutélaire sans laquelle il n'y aurait que con-
fusion, anarchie, qui nous conduirait au partage de
la France. C'est donc aux hommes chargés de son
exécution , qu'appartient le pouvoir de la diriger
vers le but unique, que doit se proposer un vérita-
ble homme d'état, le salut du trône et de la monarchie.

Ce n'est donc point la loi que le Roi doit changer, ce sont ses ministres, s'il ne ne se sentent pas
la force de tenir le gouvernail de l'état avec cette
loi, comme moyens ; car, au Roi appartient le droit
de faire des lois, et aux ministres il appartient de
présenter les réglemens pour en rendre l'exécution
facile et rigoureusement utile à tous ; c'est à eux
à plier leurs volontés devant la loi donnée par le
Roi, c'est à eux enfin qu'appartient le pouvoir de
garantir les Bourbons de toute atteinte, en donnant
à nos lois la stabilité d'exécution qui garantira les
propriétés de tous et les libertés.

Pendant mon séjour à Paris, je continuerai à vous
instruire de la situation positive des choses et de
l'opinion publique.

Pour le moment, il existe une grande anxiété
dans le commerce, précurseur de sa décadence.

Il y a une grande agitation dans la société, occa-
sionnée par les lois de circonstances et le projet de
changer la loi des élections ; tous ces moyens ser-
vent habilement les malveillants, pour persuader
que tous les intérêts sociaux sont compromis.

Le voyage de Son Altesse Royale le duc d'An-
goulême est aussi le sujet de toutes les conversations ;
on s'inquiète d'une absense dont le but n'est pas publi-
quement déterminé, et les ennemis des Bourbons,
en profitent pour faire courir des nouvelles qui ten-
dent à le déconsidérer. Ce voyage, selon les gens

sensés, a été décidé pour éloigner le prince du lieu qui, lui rappelant trop vivement l'assassinat de son malheureux frère, remplissait son cœur de douleurs et d'amertumes. La pétition de Nismes est *à l'ordre des libéraux*, *pour faire marcher l'agitation*; l'attaque a été violente, perfide, atroce même.

La défense du côté droit devenu ministériel, a été extrêmement faible, de manière que le vague le doute restent dans les esprits de la masse de la nation.

Il n'en eût pas été ainsi, si on eût déclaré à la tribune les trames de cette infernale machination, ourdie pour donner au Roi des inquiétudes sur la conduite politique de S. A. R. Monsieur, et pour exciter les protestans à s'armer contre l'héritier du trône. Cette pétition aurait dû être considérée comme calomniatrice, et envoyée au ministre de la justice, avec injonction de la référer à un tribunal criminel, pour que le sieur Madier de Montjau eût à prouver les faits qu'il avance, en mettant en cause les soi-disant membres du comité-directeur royaliste. Alors l'opinion eut été fixée par l'attente d'un jugement sur les individus qui pouvaient être soupçonnés d'une telle correspondance, et les insinuations perfides, contre ce qu'il y a de plus auguste, eussent été anéanties ; mais nous sommes dans une circons-tance unique dans notre histoire de la révolution ; les royalistes placés sur un terrain politique mou-

vant, et les libéraux sur le terrain ferme que na-
guère le côté droit de la chambre vient de leur aban-
donner.

Dieu veuille que tout ceci ait une bonne fin, et
que la détonation des petards du Carrousel ne soit
pas le prélude de l'explosion d'une machine infernale
qui engloutirait dans l'abîme, le Roi, sa famille et la
monarchie !

————————

J'avais livré ma lettre à l'imprimeur, lorsqu'un
de mes amis me présenta un article, sur la pétition
de M. Madier de Montjau, qui devait paraître dans
le *Drapeau blanc* le 27 avril 1820, et qui avait été
rejeté par la censure.

M. Sarran, écrivain aussi distingué qu'il est dé-
voué à la cause des Bourbons, en était l'auteur.
J'aurais conçu difficilement pourquoi une opinion,
qui tendait à opposer quelques moyens au grand
levier employé *par le parti* pour détruire l'ordre de
successibilité, avait dû être supprimée, si je n'avais
la certitude que nous jouons un mélodrame politique,
dont les premiers rôles sont confiés, par un homme
d'état invisible, à des marionnettes qui sont mises en
mouvement, selon son bon plaisir, ses vues et les
circonstances. Il y eut, dans notre histoire, la jour-

née des dupes ; nous compterons, dans nos fastes, la journée des mistifications.

Comme ma lettre n'est point encore sujette aux ciseaux de la censure, que l'article de M. Sarran doit intéresser mes amis du Cher, et apprendre aux protestans d'Anières qu'ils peuvent dormir en paix, présentement et dans l'avenir, je me suis décidé à la leur donner.

Article sur la pétition de M. Madier de Montjau, qui devait paraître dans le Drapeau blanc le 27 avril 1820.

La pétition de M. Madier de Montjau a fait naître cette réflexion accablante contre le pétitionnaire. Pourquoi M. Madier, qui pouvait dénoncer une conspiration au procureur du roi de Nismes, M. Pataille, son ami, a-t-il cru devoir s'adresser à la Chambre des Députés, dans une pétition imprimée, qui a eu le malheur d'être fastueusement annoncée, commentée et prônée par les écrivains d'un certain parti ? Si la conspiration existe, le beau moyen de la faire échouer, de la détruire dans toutes ses ramifications (choses pourtant fort essentielles), que de donner l'éveil aux conspirateurs, par un éclat imprudent, que rien ne justificrait !

Le *grand magistrat* de Nismes, comme l'ont appelé *libéralement* ces propagateurs ridicules qui, depuis trente ans, décorent des titres les plus pompeux les ambitieux, les fanfarons et les niais qui s'offrent à eux avec l'intention de seconder les desseins de la propagande révolutionnaire : le *grand magistrat* de Nismes a commis, selon nous, une grande maladresse de ne pas prévoir d'avance une objection si naturelle; et dès-lors il s'est livré à l'effet de toutes les conséquences que l'on peut tirer d'une action au moins extraordinaire.

Comme il est bien prouvé, d'après les propres discours de M. Madier de Montjau, que ce pétitionnaire n'avait aucun motif d'intérêt général à donner cette grande publicité à une affaire que tout commandait d'envelopper dans l'ombre utile du plus profond secret, il faut bien trouver, à la conduite de M. Madier de Montjau, un motif de toute autre nature qui se rapporte à sa personne.

Si nous savions qui est M. Madier, nous aurions bientôt résolu ce problême ; mais ne faisant point partie de cette société d'assurances mutuelles, où l'on fait *libéralement* de l'honneur et de la probité pour celui qui n'en a plus ou qui n'en a jamais eu, au profit de l'association, comme on en défait pour celui qui en a toujours eu, il ne nous est pas plus permis de dire que M. Madier est un menteur, qu'il est possible aux propagateurs libéraux d'affirmer

qu'il est digne de foi. Si nous voulions prendre le
contre-pied de l'exagération libérale, nous ferions
un plaisant portrait de M. Madier de Montjau, qui
deviendrait, sous notre plume, tout le contraire d'un
homme à talent, à grand caractère, recommandable
par son attachement respectueux à la personne du
Roi, par un dévouement sans bornes à sa dynastie,
de *grand* magistrat que la propagande l'a' fait, se
verrait transformé subitement en *petit* magistrat !
Nous éviterons ce tort, autant pour nous que dans
l'intérêt de la vérité ; car nous sommes peu tentés de
prendre notre part du ridicule dont nous avons vu
ces pauvres libéraux se couvrir avec un naïf empres-
sement qui faisait vraiment pitié.

Mais puisque nous ne voulons ni ne devons com-
battre une exagération par une autre exagération ;
puisqu'il nous est interdit d'appeler M. Madier *petit*,
quoique ses amis l'appellent *grand*, ce sera dans un
terme moyen que nous irons chercher les élémens du
combat. Nous regarderons provisoirement M. Madier
de Montjau comme un homme...... *ordinaire*, puisque
c'est le point de vue le plus impartial sous lequel il
nous soit permis de considérer cet homme, que nous
ne connaissons pas autrement, malgré tout le bruit
qu'il fait ou que l'on fait pour lui depuis quelques
semaines.

Voilà donc M. Madier de Montjau, mu évidem -
ment par un intérêt personnel, homme ordinaire,

d'ailleurs, mais pouvant prétendre à tout, puisqu'il appartient à une ville qui a donné le jour à M. Guizot, et qui a nommé M. de Saint-Aulaire.

Sa tête ardente, mais dépourvue de prévoyance, se monte à l'aspect des honneurs presque ministériels, dont son compatriote naturel, qui au bout du compte vaut à peu près M. Madier de Montjau, s'est vu soudainement accablé, et de l'espoir enivrant qu'un sourire, peut-être, de son compatriote d'adoption, a fait naître dans son noble cœur.

M. Madier n'a calculé ni la fragilité de l'appui sur lequel il ose compter, ni les chances fâcheuses qui lui étaient réservées; il s'est comparé à un conseiller d'état, à un directeur général, à un demi-ministre qu'il connaissait fort bien, et il a vu clairement, et *sans trop se vanter*, qu'il n'était pas si difficile de parcourir rapidement la carrière de l'ambition : M. Madier a été ambitieux. Il fallait du scandale; il en a donné : il avait besoin d'une protection; il a fait croire qu'elle lui était acquise. Mais novice débutant dans les hautes affaires, M. Madier a oublié de se faire donner des gages; car lorsqu'on aura bien profité de son audace ambitieuse, pour essayer de jeter les soupçons les plus odieux sur le compte des plus augustes personnages, on l'abandonnera comme on abandonne les sots qui n'ont pas assez de savoir faire pour n'être pas les dupes des intrigans politiques, à toute la défaveur de l'opinion, et peut-être à la rigueur des peines

que le scandale d'accusations non prouvées aura iné-
vitablement attirée sur sa tête légère. D'ailleurs ses
protecteurs eux-mêmes, avec la meilleure volonté du
monde, auraient-ils le pouvoir de le soutenir ?.......
Nous ne craignons pas d'affirmer le contraire, malgré
tous les ressorts que l'on fait jouer pour relever la
puissance de l'homme qui s'est éclipsé devant le cer-
cueil du duc de Berry ; et soyez bien certain,
M. Madier, que l'influence sur laquelle vous aviez
fondé vos espérances, est perdue sans retour, parce
qu'en politique, lorsqu'on est parvenu à un certain
degré d'élévation, on est tombé du moment qu'on
ne s'élève plus ; on est perdu du moment qu'on est
tombé.

Et alors quel n'est pas le sort réservé à ceux qui,
foulant aux pieds tout ce qu'il y a de plus sacré sur
la terre, parce qu'ils avaient compté sur des récompenses, garans flatteurs de l'impunité, auront accusé
et ne pourront justifier de leurs accusations ; alors
que, solennellement convaincus d'être des calomnia-
teurs, ils seront punis comme tels ; alors qu'on leur
demandera compte de la vertu outragée, de la paix
publique troublée par leurs odieuses assertions, et
que, dépouillés de l'illusion chimérique qui les aura
soutenus à l'aurore de leurs coupables espérances,
la honte de voir ces espérances déçues, laissera voir
à leurs propres yeux et dans toute leur nudité, leur
bassesse et leur infamie.

Nous ne voulons appliquer à personne ces foudroyantes observations. Nous espérons encore, pour
M. Madier, qui dit avoir ses preuves, et qui se vante
de pouvoir nommer les conspirateurs, qu'il s'empres-
sera de faire connaître toute la vérité sur un point
qui intéresse l'honneur du Gouvernement, la sûreté
de l'État, tout ce que les hommes vivant en société
ont de plus précieux. Mais s'il arrivait que ce citoyen,
décoré du signe de l'honneur, que ce magistrat, appelé par la confiance de son Roi à prononcer sur la
fortune et sur la vie de ses concitoyens, *hésitât* à
donner les preuves qu'il annonce, à nommer les
conspirateurs qu'il a désignés, la France entière
éleverait contre lui le cri terrible de l'indignation;
et la justice des lois, en prononçant sur le sort d'un
tel homme, n'aurait à choisir qu'entre le traitement
de pitié que l'on administre à un fou, et les peines
infamantes que l'on inflige aux scélérats.

SARRAN.

ASSASSINAT D'UN GARDE DE *MONSIEUR*.

SONGE.

Il était près de minuit, je revenais du faubourg Saint-Germain, avec quelques amis ; nous entrions dans la rue de Bourbon, lorsque nous entendîmes la détonation d'un coup de pistolet ; nous nous portâmes précipitamment du côté d'où partait le coup. D'autres citoyens et la garde couraient aussi pour porter secours : jugez quel fut notre surprise en voyant gissant par terre un garde-du-corps de S. A. R. *Monsieur*. Son premier sentiment fut à ses devoirs : courez au château prévenir que des assassins viennent de m'enlever la dépêche portant le mot d'ordre. Cette déclaration nous persuada qu'il étoit question d'un mouvement contre les Tuileries, pour la même nuit ; mais, comme le dieu protecteur des bons n'avait pas permis que le crime eût son entier effet, puisque le garde – du – corps n'avait été que blessé, nous conjecturâmes que ce serait encore un coup manqué et renvoyé à un tems plus opportun.

On transporta le blessé dans un hôtel voisin ; nous nous retirâmes raisonnant sur cet événement extraordinaire, qui nous présageait des événemens plus extraordinaires encore.

A peine avais-je la tête sur mon oreiller, que

mes sens fatigués par le tumulte des idées que fai-
saient naître l'assassinat du garde-du-corps, je m'en-
dormis ; mon agitation dut être bien grande, si
j'en juge par le songe extraordinaire que je vais
raconter :

Je me trouvais transporté dans un salon magni-
fiquement décoré, orné de mille glaces ; une foule
de citoyens allaient, venaient, se heurtaient, sor-
taient et revenaient sans cesse ; tous me parurent
fort tristes et fort mécontents.

Dans le centre du salon étaient sept petits garçons, qui s'efforçaient en vain de placer sur leur
pointe sept pains de sucre ; dépités de leur peu de
succès dans ce genre d'équilibre, ils se mutinaient,
et frappaient à coups de pied les spectateurs, qui
ne pouvaient s'empêcher de rire de la fantaisie du
petit comité.

Plus loin était un vénérable vieillard, qui me
parut être le maître du salon ; il observait attentivement les efforts inutiles des petits garçons ; quel-
quefois il souriait ; plus souvent il montrait un
grand mécontentement. Je jugeai, à la mobilité de
ses sensations, que ce jeu d'enfants l'ennuyait fort.
Son air de bonté, de grandeur, m'avait tellement
ému, que je crus devoir donner mes avis, pour
débarrasser le salon de ces équilibristes d'un genre
nouveau : Mes amis, leur dis-je, le jeu qui vous
amuse déplait fort au maître du logis, et le pu-

blic vous sifflera, s'il ne fait pire ; car le public est
déjà arrivé à un grand degré d'impatience ; vous
avez un moyen plus simple de terminer la tâche que
vous vous êtes imposée : placez vos cônes sucrés
sur leur base, et puis amusez-vous en paix, car
rien au monde ne pourrait les renverser.

A peine leur avais-je donné ce bon conseil, que
les petits mutins se ruèrent sur moi ; je ne sais trop
ce qui en serait arrivé, si le bon vieillard n'avait
froncé le sourcil, et si le public n'eût applaudi à
mes avis. Devenus plus paisibles par la désapro-
bation générale, ils me dirent : Ce que tu nous con-
seilles, nous le savions tout aussi bien que toi ; mais
papa, avant de partir, nous a ordonné d'en agir
ainsi jusqu'à son retour ou celui de quelqu'un des
siens, afin qu'en leur laissant l'avantage de placer
nos pains de sucre sur leur base, ils obtiennent une
grande considération dans le monde. A cette réponse, je pensai que ces petits garçons avaient perdu le bon sens ; mais je jugeai aussi que l'auguste
vieillard n'était pas leur père ; alors je m'approchai
respectueusement de sa personne, et lui dis : Com-
ment se fait-il que vous souffriez ces petits enfants, qui embarrassent votre salon, frappent ceux
qui voudraient vous présenter leurs hommages, et
éloignent de vous ceux qui vous sont les plus affectionnés. Hélas ! me répondit le bon vieillard, ces
petits démons se sont établis là malgré moi ; une

puissance supérieure à la mienne, les protège. Si je
les chassais, ils briseraient toutes mes glaces, et me
réduiraient à la besace.... Puis, ils ne sont pas
sans amis ; voyez de ce côté, puis de cet autre côté,
et vous jugerez qu'il y a plus de résignation de ma
part à les souffrir, que de plaisir à les voir s'acrou-
pir à quatre pattes, pour placer à leur manière mes
pains de sucre. En effet, je conçus que le vieillard
pouvait avoir quelques motifs de crainte, si on mé-
contentait trop les équilibristes. Il me restait à de-
viner les motifs qui procuraient à ces enfans un si
grand nombre d'admirateurs pour un jeu aussi absurde ;
je me décidai à approcher des groupes : je vis que
chaque fois qu'un pain de sucre tombait, il s'en brisait
quelques parcelles ; les admirateurs d'applaudir à qui
mieux mieux, pour les encourager à recommencer
ce joli jeu. Les petits garçons ramassaient le sucre
brisé, ils en mangeaient une partie, et en donnaient
la plus petite à partager entre tous les claqueurs.
Alors je conçus les motifs agissans, et tout endor-
mi que j'étais, je fus très-convaincu que le bon
vieillard payerait à la longue tous les frais du jeu ;
autant, dis-je, vaudrait-il leur laisser casser les
glaces, parce qu'avec les sept pains de sucre enchan-
tés, on en replacerait d'autres.

A peine ce tableau comique avait fui, qu'un tableau plus terrible lui succéda.

Je vis écris en gros caractères, sur un tas de

cadavres amoncelés, ANCIENNES RÉVOLUTIONS ; sur un tas plus grand encore, de morts et de mourants, RÉVOLUTIONS NOUVELLES.

Sur une autre partie, je vis des têtes couronnées séparées de leur tronc, un prince percé de mille coups, et un prince, dont la plaie saignante encore, attestait un crime, dont le tems n'avait point effacé le souvenir. Dans le lointain, on apercevait des hommes armés de poignards, menaçant ce que la société doit le plus vénérer.

Ce spectacle d'horreur m'avait glacé d'effroi ; et j'allais perdre tout sentiment, lorsque la tête de l'infortuné roi martyr se plaça, comme par enchantement, sur le corps, dont d'exécrables bourreaux l'avaient séparée, et me dit : Homme fidèle à tes rois, ne pleure plus sur moi, ni sur ceux de ma famille, que des fers homicides ont sacrifiés aux révolutions.... Nous ne sommes point à plaindre, puisque nous sommes arrivés au séjour céleste destiné aux rois, embrasés de l'amour de leur peuple, dont tous les instans furent employés à secourir l'infortune, à protéger le faible contre le fort, en un mot à ne rien faire d'injuste.

Que ta douleur te fasse répandre des larmes sur ces générations futures, livrées sans défenses à la cupidité, à l'égoïsme, au fléau de l'anarchie, à la misère enfin.

Gémis sur mon infortunée famille, abreuvée d'amertume et de douleurs, et plus particulièrement sur mon infortuné frère, héritier de ma puissance, et des soucis qu'elle entraîne avec elle.

Je connais ton cœur, ta fidélité m'est garant que tu accompliras ma volonté.... Dis au Roi..... que peu d'instans lui sont réservés pour sauver son peuple, en se garantissant lui-même des piéges qu'on lui tend..... J'ai pardonné à mes assassins..... Il a dû pardonner aussi..... Dis-lui que le moment de la justice est enfin arrivé; que la justice est toute entière en ceci : protections aux bons, la mort aux pervers.

A peine ces paroles foudroyantes avaient frappé mon oreille, que les tableaux horribles et sublimes qui m'avaient apparu s'étaient évanouis.....

Je me réveillai accablé, fatigué, presque anéanti; mais en réunissant toutes les facultés de mon âme, je parvins à transcrire avec exactitude, toutes les circonstances de ce songe si extraordinaire, que j'en suis encore épouvanté.